郭公の巣

中村典子歌集

Nakamura Noriko

六花書林

序にかえて
大輝と元輝への手紙

大輝が七歳、元輝が五歳の時あなた達のママはサルコーマ（肉腫）という病気で亡くなりました。三十八歳でした。あまりにも幼いあなた達を残してどんなに心残りだった事でしょう。

でもあなた達は幼な心にもその死をしっかり受け止め、元気にすくすくと育ってくれました。大輝は社会人となって三年、元輝もこの四月から社会人になりました。

あなた達をママに代わって育てることになって、悩みました。孫であるあなた達をどう育てていったらいいのか。

それでママの妹で、あなた達の叔母である桂子に相談しました。

すると桂子は「『自分自身が人生は楽しいものだ』という生き方をして、それを見せていくこと、感じさせていくことだと思う」と言ったのです。

なるほどと思いました。

「育てなければいけない」「教えなければいけない」と考えないこと。一緒に暮らしているという感覚で私自身が無理をしないこと。そうすればお互いに気が楽になる。

そう思ったら何よりも私自身があなた達との時間を楽しめるようになりました。

あなた達と夏休みの自由研究の題材を探しに博物館へ行ったり、鴨川シーワールドの会員になって夜の魚の生態を見たり、沖縄でマングローブを見ながらカヌーを漕いだり、イタリアの広い農園を走りまわって葡萄をつまんだり、夜はトランプで毎晩盛り上がりましたね。

そんなときいつも桂子が一緒でした。あなた達にとって桂子は、年齢も容姿もママに一番近い人ですから、色々な意味で有り難かったし、大輝が小学五年生になるまで一日も欠かさず、東京から通ってきて私を助けてくれました。


私はいつも、あなた達がどんなことに興味があって、何を楽しいと思っているのか、知りたかった。

小さい時は寝る時に「読んでー」とリクエストされる本から今は何に興味があるのか考えてみたり、何が流行っているのか知りたくて、友達がきた時はみんなで一緒におやつを作ったり。男の子の思春期の学校生活はどんな感じなのだろうと覗いてみたくて、中学校ではＰＴＡの役員を引き受けました。

でもそんな風にあなた達を知りたくてやってきたことが私の世界をも広げてくれました。あなた達が少年野球を始めてから、早慶戦にしか関心がなかった私が、高校野球はもちろんプロ野球、そしてアメリカの大リーグの野球まで見るようになりました。
少年野球のママ達、中学、高校時代の野球部のママ達との飲み会にも必ず参加したから、他のお子さん達の様子をたくさん聞けて、女の子しか育てていない私にも難しい年頃の男の子達の心理が少しわかった気がしました。

あなた達を誇りに思うことの一つは、幼稚園時代から私の所を去って行くまで、一度も朝起こしたことがないことです。どんなに遅く寝ても、どんなに野球の練習で疲れていても、必ず自分が起きなければならない時間に起きてきました。
「時間を制するものは全てを制する」と私は思います。ですからあなた達は社会人としてきっと節度ある生活ができると確信しています。そしてこれからの人生に向かって大きく羽撃いて行って下さい。

母親というものは問わず語りに自分の子供達に小さい時の思い出を話すもの

です。

私はあなた達と過ごした日々を折々歌に詠んできました。ママの代わりにいつか歌でそれを伝えることができるといいなあと思ったからです。小さい時のこと、野球をやっていた頃のあなた達のひたむきさを色鮮やかに残しておきたかったのです。

その願いをこの『郭公の巣』という歌集にまとめました。郭公という鳥は托卵の習性を持つことが知られていますが、私はあなた達のママからあなた達を預かったのですから、できる限り居心地の良い巣にしてその中で育てたいと思って来たことと重なったのです。

また大人になったあなた達に伝えたい事もありました。それは戦争のこと。この歌集にはあなた達に一度も話したことのない私の北朝鮮からの引き揚げ体験の歌も載せました。あなた達に戦争の記憶を語り継いでおきたいと思ったからです。

戦争は教科書や映画の中のことじゃない。あなた達の身近な人の戦争の悲惨な体験を知ることで二度と戦争を起こしてはならないと感じて欲しいと思ったからです。

あなた達に「人生は楽しいものだ」と感じてもらえたかどうかわかりませんが、今も私は料理に趣味に旅に人生を楽しく生きています。

あなた達と一緒に暮らせたことは本当に楽しかった。

心から感謝とお礼を言います。

ありがとう。

令和三年九月

あなた達のグランマ　中村典子

郭公の巣 * 目次

第二章　旬を盛る

第三章　外国を訪ふ

装幀　真田幸治

郭公の巣

第一章　郭公の巣

大輝誕生

木犀の香りの満つる清き朝初孫生まるまろまろとして

わが胸に眠れる孫の確かなる生命の鼓動伝はりて来る

その母の愛でし小さきぬひぐるみ並べて孫の
退院を待つ

柔らかく白さまぶしき肌着などたたみつつひ
たる久しき思ひ

初孫の確かな重さ亡き夫《つま》の命はここに継がれ
しと思ふ

銀の匙

幸ひを祈りて赤子に銀の匙贈る習ひの外つ国にあり

遠き日に吾子に贈りし銀の匙膳に載せたり孫の食ひ初め

初めてのスープ一口孫飲みぬ母の使ひし銀の
匙もて

すくよかに伸びまさりゆけ竹のごとわが腕に
ある孫に願ふも

子と孫は家路につくか幾つもの楽しき思ひ出
あまた残して

元輝誕生

予定日はまだ先なれど昨夜より来てゐし吾子は陣痛告げぬ

男《を》の孫の無事に生まるる知らせあり幼とジュースのコップを掲ぐ

何見むとかくも早くし生まるるか赤児はまな
こしかと開きて

小さなるもみぢてかざし見つめゐる男《を》の孫元
輝生まれて二十日

泣き声のすればミルクかおむつかと大輝は世
話焼く二歳たらずで

次女の結婚式

招かれて次女の婚儀にシアトルへ発つ機にはしゃぐ長女の幼ら

盛装の叔母の姿に幼らは声も立てずにただ見つめをり

娘ら越し来る

改築の工事の音さへ心地好し春よりうからの
増ゆると思へば

四歳と二歳の男孫の越しくれば騒がしからむ
がそもまた楽し

気のつけば微笑みおのづとこぼれをり孫らと暮らす日々を思ひて

床を貼り厨を広げ畳替ふ娘ら越し来る日を待ちにつつ

思はざる改築成りて新しき家族の増ゆるを子らに感謝す

娘病みて

道のなき野を行く思ひの日々なりきわが子の難《かた》き病告げられ

難しき病にあれば外国に手術受くると娘は旅立つ

子ら残し外国に行き手術受くる娘の心《うら》を思へば切なし

こぶしもて幼は涙を拭ひたり入院する母送りし帰り

声立てず幼は涙を流しをり病院からの母の便りに

幼らはまなこ見開き懸命に母より届きしメール読みゆく

三ヶ月余その母の居ぬ日々なれど幼ら「ママ」と一度も言はず

しやぼん玉

夜祭りに買ひししやぼん玉幼らは縁に坐りて
空へと飛ばす

入院のママに届けと幼らはしやぼんの玉を次
々とばす

幼らの競ひて吹けるしやぼん玉ガラスの玉の
連なる如し

兄の吹くしやぼんの玉を弟は「触ってもい
い？」とそつと指出す

休みなく幼らの吹くしやぼん玉虹の色して宙
に消えゆく

息つめてそつと吹く子のストローに大きひとつのしやぼん玉揺るる

丸き頬なほ丸くして一心にしやぼんの玉を吹き継ぐ二人

飛んでゆくしやぼんの玉を幼らはその手に受けむと庭駆け回る

川に遊ぶ

病む母に代はりて我は幼らと夏の一日《ひとひ》を川に遊べり

沢蟹を追ひて幼ら飛沫あげ川の浅瀬を走り回りぬ

川に遊ぶ幼ら見つつ我もまた靴脱ぎて入る冷たき流れに

二人して小石に堰を作りたり持ち来し西瓜を冷やさむとして

川に冷えし西瓜を割れば幼らは貪り食みぬ汁したたらせ

青竹の樋流れ来る素麺を身構へて待つ大輝と
元輝

名を呼べど目覚むる気配の更になく幼ら眠る
は木陰の吊床《ハンモック》

病む母のベッドに寄りて幼らはキャンプの様
を絵に描きて見す

朝な朝な子らは告げをり病む母にけふ朝顔の
いくつ咲けりと

娘の逝きぬ

夫亡くし十年《ととせ》経しいま吾子逝けり白きつつじ
のま盛る四月

かくも死は容易《たやす》く来るか五分前この子と言葉
交はせしものを

苦しいと言ふ子を抱けば我の目をひたと見つめてそのまま逝きぬ

今いちど何かを告げよと頬叩き肩揺さぶれど子は黙《もだ》すまま

身を裂かるる思ひに夫を逝かせしが子との別れは胸ゑぐらるる

ああ吾子よ何故かくも疾く逝くや成したきこ
との数多有らしに

子と我の命換へませとあれ程に祈りしものを
神は子を召す

声あげて泣かば如何ほど楽にならむと思へど
涙も声も出で来《こ》ず

必ずや癒ゆると信じ我も子も病と闘ふ二年《ふたとせ》なりき

花吹雪くなか

紅さして気高きまでに美しき吾子の棺に入れやるウエディングドレス

花吹雪く中に弔笛響きたり今し娘は葬られゆく

西方へ流るる雲のその果たて亡き吾子乗るや
と思ひつつ見る

朗々と流るる僧の読経に経本見つつ幼ら唱ふ

写し絵の母に小さき手を合はせ目を閉づる子
ら何祈るらむ

写し絵の母に黙して手を合はす幼の胸ぬち思へば切なし

吾子の血を継ぎたる大輝と元輝らをしかと育てむ存《なが》らへゆかな

お日様が黒く

「お日様は黒く見えることもある」と母を逝かせし子は絵を黒に塗る

太陽も車も人も黒に描く母亡き後の五歳の元輝

母の日に大輝の描きし母の絵に「しっかりぼくらをみててね」とあり

「明日からはもう泣かない」と涙拭き母の遺影に七歳の子は言ふ

「あっママ」と見つけし吾子のジャケットを幼は抱きしむ少し戯《おど》けて

天国のママを守れと二人して紙もて犬折る番
犬と言ひ

娘の逝きて一年

ママといふ言葉を口に出ださずにひたすら耐へゐる子は八歳に

幼子は「ママに見せる」と抜けし歯を二本並べて遺影に供ふ

母のなき子らの寝息を聞きにつつ長く生きむ
と今宵も思ふ

その母の逝きて一年幼子は背丈も伸びて一年
生となる

子らの夏

夏雲の湧き立つ午後を幼らと今日もプールに
出かけて行きぬ

葉書よりはみ出す如くトマト描き幼は暑中の
見舞ひ書きをり

幼らは育てしトマトをもぎ取りて「ママ食べてね」と仏壇に供ふ

この夏を休まず幼は水やりて朝顔数多咲かせくれたり

遅れたる夕餉の支度を急ぎをれば幼はつと来て茶碗並ぶる

布団よりはみ出し寝入る幼らにしばし団扇の
風送りやる

母のなき子らの見つむるその先に母と戯むる
友のありけり

秋の逝く

幼らと窓辺に佇ちて赤々と落ちゆく秋の夕日
眺むる

栗おこは菊の酢のもの土瓶蒸し亡き子在るご
と誕生日祝ふ

写し絵を食卓に置き幼らは「ハッピバスデー
ママ」歌ふ態《わざ》と陽気に

亡き母の誕生日なれば二人してプレゼントと
言ひ折り紙を折る

幼らに食べさせ給へと新潟の友は今年も新米
送り来

幼らのお節

「食べたい」と言ふ幼らの声聞けばお節料理のノート広ぐる

来む年のお節作りを手伝ふと幼ら二人厨に立ちぬ

エプロンとバンダナ着けて幼らは「お節作る
ぞ」と腕まくりする

きんとんを練りつつ子らは味を見て「甘味が
足りない」としたり顔する

伊達巻と聞けば二人はすり鉢の手に一段と力
を入るる

幼らにお節の由来話しやる昆布巻きの手を止めることなく

炒り上げしごまめ抓《つま》みて幼子は「お正月の味がする」とぞ

調ひしお節に二人の手紙入れ実家に送りぬ宅配便にて

満面の笑みを浮かべて幼子は今年の書き初め
掲げて見する

娘の逝きて二年

花びらを帽子に載せて帰り来し子ら二年生と
四年生になる

影法師三つ並んだ月夜道幼らの影我に届ける

庭変はりゆく

目に涙湛へて見をり二人して登り遊びし木の
伐らるるを

砂利敷きて二台の車のガレージは今日より二
人の遊び場となる

涼

幼子は育てしトマトに実をみつけ「ビー玉みたい」と大声を上ぐ

幼らの植ゑしトマトは丈伸びて葉影に赤く重なりて生《な》る

幼らの育む朝顔つぎつぎに花さかせゆく背丈を越えて

遊びより帰りし幼らひたすらに西瓜食みゐる白き歯をみせ

夫十三回忌

現し世に見《まみ》ゆることなき孫二人夫十三回忌の
奥津城浄む

幼らは頭《づ》を垂れ畏み住職の読経聞きをり膝も
崩さず

夫まさば如何に二人を愛すらむせんなきこと
と思ひてもみる

宿題とて生ひたち尋ぬる二年生話しやるかも
亡き子に代はり

七冊の娘の記せる育児日誌読みやれば子ら俯
きて聞く

飛鳥路をゆく

初に見る奈良の大仏の大いさに子らは声なく
見上げてゐたり

たちまちに鹿集《たか》り来て子らの手の鹿煎餅を奪
ふごと食む

降り注ぐ春の日浴びて子ら二人銀輪光らせ飛鳥路をゆく

幼かりし娘と共に訪れし飛鳥路を今その子らと行く

菜の花の真盛る飛鳥路子ら追ひて自転車に行く石舞台まで

イタリア農園への旅

見の限り葡萄畑の広ごりてあまた熟れ実に子ら目を見張る

野兎も狐もゐるとふ農園を朝まだきより子らの走れる

農園の猟犬レオとボール追ひ話しかけつつ駆け回る子ら

「ボンジョルノ」と声交はし合ひ農園の朝餉に揃ふ泊まり客二十人

焼きたてのパンに手づくりジャム並ぶ農園の朝餉子らの食増す

夕つ日の落つるを見つつ農園の料理に子らは
舌鼓打つ

子ら二人身体を斜めに傾けてピサの斜塔を眺
めをりけり

駆けるごとピサの斜塔を子ら登り「三百十段
あったよ」と言ふ

空の青地中海の青真白なる雲湧き立ちてトス
カーナの夏

大輝　初の試合

ユニフォームの姿凜々しく兄弟は今日から少
年野球のメンバー
食卓に小魚今日も備へ置く子らの背丈の頓《とみ》に
伸ぶれば

暑き日も野球の練習に行く子らに具を選びつつ握り飯つくる

グランドに一列に並ぶ子らの顔試合を前に闘志あふるる

打つと立つ大輝の背《せな》にわが胸の高鳴り止まず初試合なれば

バット構へボックスに立つわが大輝きりりと
口を一文字にして

バット構へしつかと立てる孫の背を見つつそ
の母の写し絵掲ぐ

十一歳の誕生祝ひに父親ゆ貰ひしバットに子
は初ヒット打つ

試合終へベース挟みて礼《ゐや》交はす子らに清しき
風吹き渡る

つけ置きし子らの野球のユニフォーム力入れ
洗ふひと日の終はりに

三年生元輝のパン作り

発酵の授業にパンを作るとふ我招かれて講師となりぬ

とりどりの三角巾とエプロンを着けし児童ら二十八名

卵水砂糖イースト塩加へ振り入るる粉の舞ふ
に喜ぶ

発酵を待つひとときをわがクイズパンの伝来
発祥のこと

ふつくらと倍に膨るるパン種に子らは驚く歓
声あげて

ふくらめるパン種十五に切りわけて子らは丸むる猫の手をして

ロールパンに刷毛もて子らは卵塗る潰さぬやうに息を潜めて

香ばしき匂ひ満つればオーブンを覗きて子らはカウントダウン

焼き上げしパン頬張れる三年生思はずあがる
おいしいの声

クリスマスツリー

この年もクリスマスツリー飾らむと子らと出だせり大箱幾つ

子ら競ひ箱を開くればとりどりの四百余《ま》りのサンタ出で来ぬ

外国《とつくに》の旅に求めしサンタクロースそれぞれお
国の衣装つけをり

アロハ着てウクレレ弾くはハワイのサンタ元
輝の大のお気に入りなる

香焚けば口より輪をなす煙吐くドイツのサン
タは大輝の好み

夫の忌に憶ふ

墓石をせつせと磨く孫二人少年野球のユニフォーム着て

グランパを知らぬ二人に命日はグランパのこと話しやるかも

子らの風景

バレンタインのお返し作ると子と友ら厨に集
ふエプロンつけて
丸四角ハート型なるクッキーを子ら包みたり
ホワイトデーにと

「只今」と大き声にて幾度も子らは叫べりわが声聞くまで

取り込みて置きあるままの洗濯物子ら畳みくれぬお喋りしつつ

気の付けばわが為す様に子ら畳む洗濯物の四隅揃へて

野球より帰れば子らはユニフォーム風呂場に
洗ふ足に踏みつつ

子ら洗ひしユニフォームに汚れ残りゐて気づ
かれぬやう洗ひ直せる

今し方机に向かひてゐし子らのはやも表にキ
ャッチボールの声

弟の投ぐれば球は真直ぐに兄のミットに音たてて入る

運動会

昨日《きぞ》強く降りにし雨のこの朝《あした》天青くして運動会日和

校庭に居並ぶ子らの体操着白く映えつつ動きやまざる

この年は孫二人して赤組にあれば応援迷ふことなし

得点の掲示さるるに響《ど》動《よ》めけり赤組白組追ひつ追はれつ

六年の大輝の太鼓に紅白の応援合戦今し始まる

襷掛け花笠背負ひて先頭に元輝は踊る花笠音頭

素足にて漲る力いっぱいに大輝踊るは幕張ソーラン

孫大輝足並み揃へてその父と二人三脚悠々一位

声援のいや増す最後の紅白リレー元輝はひた
に走り継ぎゆく

キャンプ点描

群れなしてうぐひの稚魚の泳げれば子らは追
ひ込む堰を作りて

魚追ひ水掛け合ひて駆け回る日焼けせし子ら
河童の如し

溜池に子らは並びて糸垂るる夕餉に鱒の塩焼きせむと

子ら釣りし鱒は大きも小さきも炭火に焼きたり化粧塩して

摑み取りされたる鱒のあまたあり燻製作り持ちて帰らむ

火熾す子野菜洗ふ子米研ぐ子キャンプの役目
なべて楽しげ

炊き上がる羽釜の飯の香漂へば待ちきれぬ子
ら蓋取り覗く

各々《おのおの》に火種を持ちて点火せるキャンプファイ
ヤーは儀式めきたり

燃え盛るキャンプファイヤーにマシュマロを
子らは焙りぬ長き枝に刺し

学習参観

未だ強き日差しに汗を拭ひつつ学校目指す参観日けふ

夏休み明けしばかりの校庭は鉢の花枯れ雑草群れ立つ

黒板に季節の行事の絵の貼らる小学六年英語の授業

先生の問へば英語に大輝答ふ日焼けせし顔に白き歯みせて

なにがなしどの子もややに大人さぶ長き休みを過ごせし証か

持ち寄りの秋の果物机《き》に置きて四年元輝は絵
手紙の時間

手には触れ匂ひ嗅ぎては翳しみて子らは描け
り秋の果実を

梨に栗柿もぶだうもはみ出して子らは描きを
り秋の絵手紙

大輝　小学校卒業式に

母親のなき子なれども健やかに育ちて晴れの
卒業式今日

吾子在らば吾子に着せたき藤色の一つ紋着る
子の卒業式

初めての卒業生を送るとふ教師は紫紺の袴姿に

名を呼ばれ「はい」と答へて壇上に証書受くる子の顔凜々し

どの子らも少年少女の面差しに育ちて歌へり「旅立ちの日に」

わが丈を遥かに越えて子は父と何時しか肩を
並べてゐたり

子の脱ぎし靴揃ふるに我のより二まはり大き
場所占めてあり

亡き吾子よ見守り給へ限りなき未来に汝が子
の踏み出だせるを

カヌーを漕ぐ

暑からむと思ひて来たれど西表島《いりおもて》風冷たくて
小雨そぼ降る

とりどりのカヌー繋がれたゆたひてカヌーの
港は華やぎて見ゆ

子らの乗るカヌーは川面を滑るごと離れて行きぬ歓声上げつつ

懸命に漕ぐほどカヌーは円描きわが乗るカヌーは前へ進まず

生ひ繁るマングローブの間《あはひ》縫ひ子らのカヌーは滑るごとゆく

揺れやまぬ我らのカヌーを気遣ひて速度緩めて呉るる船あり

夏の球児

黒光りなすほど日焼けせし子らの朝は真白き
ユニフォームに揃ふ

球児らは「行くぞ」と互ひに声かけてグラン
ドに散る決勝の朝

何処までも伸ぶる白球追ひかけてしかと受け
止むまろびても子は

「優勝」と叫びて球児ら飛び出せり最後のバ
ッター倒れし瞬間

戦ひを勝ち抜くごとに球児らは豹の如なりま
なこも動きも

試合終へ帽子とる子の髪先に汗は粒にし流れて光る

夕風の立てばノックを受くる子の小気味良き音グランドに満つ

球児らの帰る頃合ひ見はかりて冷えし西瓜を切りて待ちをり

明日またも泥に塗《まみ》ると知りつつも真白に洗ふ
子のユニフォーム

雪うさぎ

雪だるま作ると子らはバケツもて庭辺に積もる雪搔き集む

ふつくらとまろく小さき雪うさぎ作りて我は子らに見せやる

カランコエ千両の実にビー玉の目を持つ兎を
子らは作れる

写さむとカメラ向くれば雪うさぎ早も投げ玉
の的となりをり

男《を》の子らの嬉々と作りし雪うさぎ崩れて赤き
実葉など散りぼふ

七回忌の娘に

わが丈を越えて久しき孫見つつ歳月思ふ吾子七回忌

千羽鶴犬の張り子に雪うさぎ娘の祝着もて作りたり

十一歳と十三歳になりし子を見よとぞ告ぐる
けふ七回忌

形見なる男の子二人の健やかに雄々しくなる
もなほ見守らむ

元輝　小学校最後の運動会

小学校最後の運動会なれば子は駆けて行く心はやるや

三段の重には巻き寿司稲荷寿司唐揚げ厚焼き子らの好物

子と共に運動会の弁当を食むはこの年最後とはなる

どんどんと太鼓の響き紅白の応援合戦始まりにけり

赤組の太鼓打つ子は四月より朝な夕なに練習せしと

校庭を狭しと踊るソーラン節法被に鉢巻き裸
足の揃ふ

卒業の兄と走れる二人三脚兄と弟堂々一位

紅白に競ふ点数掲げられどよめきの中赤組の
勝ち

球児らの夏

初めての坊主頭となる元輝ややに照れつつ頭を撫づる

朝夕を野球に励む球児らの顔も腕《かひな》も褐色に照る

浅黒き顔に真白きユニフォーム映りて凜々し
中学球児

砂埃あげてベースに滑り込む中学球児の試合
凄まじ

わが大輝の打ちし白球紺碧の空に大きく弧を
描き飛ぶ

試合終へ帰り来たりし球児らは息もつかずて
冷水飲み干す

差し入れし西瓜に部活の球児らは我も我もと
かぶりつきをり

毎日を野球に過ごしし球児らのこの夏ひと際
逞しくなる

夫十七回忌

夫逝きて十年経ぬに長《をさ》の子の同じ病に二児残し逝く

高校の球児にありし夫に似て男孫二人も球児とはなる

新野球部員

入学の日に野球部の師を訪ひて入部希望を伝へし元輝

キャッチャーを務むる兄の野球部に憧れゐたる弟元輝

教科書と野球道具の入る鞄二つを担げばふらつける足

野球部員揃へば真白きひと所新入り球児のユニフォームの群れ

校庭の地均し散水その後の白線ひきなど新人忙し

四回の裏のヒットの一点の勝ちをし決めて上がる歓声

朝練も授業も部活も為し終へて上がり框《かまち》に子は座り込む

風呂に入り夕食済めば早も九時テレビを見つつ瞼閉づる子

大輝　中学最後の決勝試合

勝ち進むごとに眼《まなこ》の輝ける幕張中学野球部の
子ら

連日の野球の試合に父母たちの日焼け厭はぬ
応援高まる

四試合無事勝ち抜きていよよ明日決勝かけての試合とはなる

零対零守るも攻むるも両校の互ひに譲らぬ決勝の戦ひ

快音を響かせ大輝打ちし球応援席は総立ちとなる

砂煙たててベースに滑り込む子に塁審は「アウト」と拳

小走りにベンチに戻るわが孫の肘もて顔を覆へるままに

孫に継ぎ打ちしも捕られ試合終了点入らずして無念準優勝

胸張れる準優勝の球児らに応援席の拍手止まざり

大輝　高校受験の朝

幾度を受験なし来し我なれど孫の入試の朝落ち着かず

受験の子にかけたき数多の言の葉を言はで作りぬ今日の弁当

常の日と変はらぬ口調に「行ってきます」と
孫は出で行く入試の朝を

逞しくなりたる孫の後姿《うしろで》を玄関に見送る入試
のあした

今頃は英語の問題解きをらむ時計見上げて想
ひつつをり

まみえ得ざりし孫にしあれど亡き夫よ孫の入
試を見守り給へ

メモしつつ入試解答速報をテレビに見る子の
まなざし真摯

合格の発表見に行く孫送り掃除も炊事も手に
つかぬ我

待ち構へし携帯鳴りて手に取れば「受かったよ」とぞ孫のメールは

大輝の料理事始め

高校の入学までの休日を大輝は料理覚えたきと言ふ

如何様な料理も挑戦したきとふ大輝エプロンきりりと立つも

わが丈を遥かに越えし男の孫と厨に並べば幼日の顕つ

粉まみれに二つ違ひの弟と競ひて作りし怪獣クッキー

十五歳の大輝の料理の事始め先づは定番カレーを作る

旨きカレーのコツは玉葱と聞きし子は山ほど
刻めりフードプロセッサーに

手際よく子はカレーの具材揃へたりピーラー
包丁自在に使ひて

ひたぶるに大輝は玉葱炒めをり今もう少しと
励ましやるも

部活より帰りし元輝味見して笑みつつ親指ぐっと突き出す

高校球児の弁当

今少し大きが良きかと四つめの弁当箱買ふ高
校球児に
弁当と練習後に食む握り飯と二食を持ちゆく
わが家の球児

見映えより飯をぎつしり詰め来よと新球児ら
に監督の指示

夏までに六十四瓩《キロ》にせよと言はれ大輝は茶碗
を丼に替ふ

五つめの弁当箱はも二リットル飯《いひ》詰め込めば
まさにどか弁

飯に比し菜少なければじやこそぼろ幾重に挟む飯の間《あはひ》に

肉団子唐揚げきんぴら作りては冷凍し置く球児の弁当

弁当の飯冷《さ》まさむと窓開くればみんみん蟬鳴く朝の五時半

保冷バッグに凍らせし水と保冷剤詰めて重たき球児の弁当

新人戦終はる

夏休みなれど毎日部活ありて早朝に出で行く
わが家の球児

如何に高く球打ち上ぐるも外野手のしかと受
け止むまろびてもなほ

バントなせば内野手素早く駆けよりて一塁に
送球たちまちアウト

照りつくる太陽の下《もと》球児皆ボールを追へりた
だひたすらに

野球部のキャプテンとなりし弟に兄は説きや
るその心得を

二十名超ゆる部員の統率に心砕くらし中二の
元輝

県大会目指し闘ふ中学球児酷暑最中《さなか》をものと
もせずに

腰痛め投手の座を降り肩落とすわが孫元輝の
胸ぬち思ふ

初の試練や

三塁を守る大輝のその頰に受け損ねたる打球当たりぬ

硬球の直撃受けし子の顔の腫れに腫れたり見られぬ程に

瞼腫れ眼のあかぬ子の手を引きて帰れど全き為す術のなし

氷嚢の氷二十分持たざるも腫れたる頬をただに冷やせり

顔に怪我せし子の口に粥運ぶ離乳食の頃ふとも思ひぬ

頬骨の折れし写真を見せにつつ医者は言ひたり手術をせむと

明日手術の不安と恐れに子は急に身体震はせ泣き出だしたり

頬と口内三時間半の手術に耐へ子は戻り来ぬ初の試練や

病室に明るき笑ひの声満ちぬ野球部の子ら見
舞ひに来れば

全国高校野球千葉大会

灼熱の太陽の下《もと》恒例の高校野球千葉大会けふ

三塁側の前席に陣取りわが孫の緊張あふるる

行進を観る

高二なるわが孫の名のアナウンスいよよ出場
サードに立つも

持つ力爆発したる快打線二塁打二本わが孫の
打つ

勝ち進み又も勝ちたる喜びに選手一同飛び跳
ねやまぬ

鳴り渡るブラスバンドにチアガール生徒も父母も熱き声援

遂に負けたり三回戦強豪校と相対せしはまこと残念

大会の終はりて継ぎし主将の座わが孫大輝緊張の面

子らそれぞれの夏

二十余名の部員率ゐてこの一年元輝主将の任
果たし来し

悲願なる県大会への出場を目指す最後の試合
とはなる

逆転のなるか満塁四番バッター元輝打ち上げ
ゲーム終了

わが孫の野球に決別なしたるか元輝受験の塾
へと通ふ

夏休みも部活毎日続きゐて早朝に行く球児大
輝は

野球部の保護者の会の開かれて「球児の食育」目標となる

「球児応援レシピ」なるもの頼まれて新たにスポーツの食に取り組む

幕張魂

十数年わが子の野球見守りし父母にとりても
最後の試合
送別の試合にあれば勝敗にこだはることなく
和やかにあり

在校の保護者手分けし刻みたる具材に豚汁百
人分炊く

校庭に並ぶる机上に十余りの焜炉の鍋に豚汁
湯気立つ

試合終へ球児と父母ら七十余名豚汁啜る今日
の青空

中学の最後の試合ＯＢ戦高校受験も済みて和やか

親睦の試合にあれば各々がそれぞれ好むポジション選ぶ

卒業の記念に賜ふＴシャツに「幕張魂」と太きロゴあり

野球部に逞しく育ちし兄弟《あにおとと》師の導きに深く謝しをり

高校生二人

ブレザーの制服姿いく度も鏡に映す新高校生

鳴り響く吹奏楽に新入生三百六十名胸張り入場

この春を新高校生となりし子ら緊張の面に晴れやかさ見ゆ

ネクタイの締め方兄は教へをり後輩となるその弟に

新しき高校球児は毎朝を兄と出でゆく自転車並べ

ずっしりと重き弁当二人分わが朝の日課五時半起床

二時間をかけて作れる夕ご飯わが高校生らはたちまち平らぐ

毎月を四十キロ超ゆる米食みてわが高校生らまたも丈伸ぶ

悔いなき闘ひ　回顧

いよいよにユニフォーム脱ぐわが大輝高校野球千葉大会最後に

放課後は日々グランドへ飛び出でて野球に興じし小学生時代

キャッチボールと素振り欠かさぬ日々なりき
二つ違ひの兄弟なれば

中学の三年間を捕手として数多の試合に臨み
来たりし

県大会悲願の出場ならずして無念の涙の中学
時代

強豪の専大松戸に堂々と大輝は最後の試合戦ふ

バッターの大きく打ちし白球を大輝はジャンプにしかと受けたり

直球を高く打ち上げたる大輝応援席は総立ちとなる

四対二に破れたりしも最後まで闘ふ大輝に拍手送りぬ

球児の母らは

闘ひを終へし高校球児らは敗者となれど晴れやかにあり

十年余白球追ひ来し球児らはユニフォーム脱ぐ今日を最後に

球児らの母も終はりぬこの長き弁当作りと洗濯の日々

暑き日も寒き日も菜を気遣ひてひたに弁当作りし母ら

球児らの泥にまみれしユニフォーム日課の如く洗ひ来たりし

球児らの母は気遣ふ常よりも試合ある日の朝
の食事を

公式の試合にあれば親たちは会場に集ひき一
時間前

応援に駆けつけくれし人びとを母らもてなす
飲み物をもて

詰まりつつ涙ぐみつつ語り合ふ野球部最後の
保護者会にて

元輝　ユニフォームを脱ぐ日

四点を挙げしがふいに雨猛《たけ》く降り来て初日ノーゲームとなる

雨の中百二十余球を投げし子の肩憂ひつつ再試合の応援

連投のマウンドに立ちしわが元輝八回二死に
遂に降板

完投のならざる無念に孫元輝このマウンドを
小走りに去る

毎日を百余球投げ走り込み左腕エースの座を
守り来し

十一年着たりし野球のユニフォーム今日を最後に脱ぐ日の来たり

球児らは並びて感謝の礼を述ぶ応援なし来し父母らの前に

腕を持て顔を覆ひて泣く元輝夢の潰《つひ》えし悔しさならむ

孫ら越しゆく

家建てしと婿と孫らは突然に越しゆきにけり
三月の尽

朝五時に目覚めて気づきぬ朝食も弁当ももは
やいらざることを

控へめに作れど余る独りの膳球児の食を作り慣れゐて

朝夕に干し竿三本足らぬほど洗濯ありしが二日に一度

朝夕に孫らと囲みしテーブルに独り向かふはあまりに広し

試作せる我の料理を口ぐちに言ふ孫をらず日々黙し食む

今頃は何食べゐるや去りゆきし孫らを思ふ何につけても

年々を飾りし五月人形は孫ら居らねば兜のみ置く

母子像二枚

遠き日にボストンの美術館に見し絵画母と子
の像忘れ得ざりき

わが脳裏に刻みこまれし母子像の画家の名前
はメアリー・カサット

幼子を左手《ゆんで》に抱きて右手《めて》に布持つ母子像に再びまみゆ

幼子の林檎捥がむと伸ばす手に枝を寄せやる母子像画あり

亡き母の子らへの目差し留めおかむ孫らに購ふ母子像二枚

琥珀色の梅酒 二瓶

生まれ来る子の成人を祝はむと吾子は造りし
梅酒二瓶

青梅のひと粒ひと粒磨きあげ造りし娘の姿顕
ちくる

預かれる宝にも似て守り来し娘造りし子らへの梅酒

長の子の二十歳《はたち》となる日近付きて梅酒のギヤマン棚ゆ下ろせり

二十年の月日経たりし梅酒はも黒天鵞絨《ビロード》のごとき鎮もり

この梅酒玻璃《はり》のグラスに注ぐ時琥珀色濃く真
澄み鎮もる
時を経し梅酒静かに含むなへとろり甘かる深
き味はひ

抱卵終へて

成人となりたる孫らの健やかに素直にありて
ただに嬉しき

何事にも代へがたき程嬉しかり大輝元輝を抱
きたりし日

食ひつきて離さぬ大輝忘られぬ初めて桃を食
みし日のこと

電車乗るわが手を取りて八歳の元輝いつしら
エスコートなす

数多なる経験体験させたくも野球の日々に意
のままならず

しかすがに強き身体と精神を養ひくれしよ野
球の八年

如何ばかり誇りをらむか曾祖父は血を継ぐ国
語教師大輝を

大いなる行く手に向かひ一歩づつ歩み出だせ
よ直ぐな心に

夫と吾子逝かせし歳月過ぎ行きて愛孫《うまご》ら羽ば
たく時の来たれり

第二章　旬を盛る

折々の季節のうつろひ愛ほしみ美味客膳を調へ来たり

春を盛る

薄紅の寒天桜の型に抜き春爛漫を一皿となす
翡翠色に若布煮あげて筍と春の出合ひをひと
鉢に盛る

桜麩と三つ葉の汁に縒りうどをはらりと置き
て椀に春描く

万物の芽を張り綻ぶ春なれば野に摘む菜を膳
に載せむか

指ほどの根曲がり竹を炭火にて焼きたる匂ひ
はもろこしに似る

栗駒の山に湧きたる水とふをふふめば水音聴
く思ひする

手際よく昆布と鰹節《かつを》に取るだしの琥珀に澄み
てその香良きこと

夏を盛る

織姫の糸にちなみて素麵を青磁に盛らむ七夕の膳

牛肉のたたき造りしその夜は切子のグラスに赤ワイン注ぐ

ひんやりとオクラトロロの喉ごしに暫し暑さの遠のきにけり

渓流を泳ぐ姿のそのままに踊り串うち若鮎を焼く

香ばしき匂ひに夏の海思ひ波の音聞く鮑の磯焼き

青梅に枇杷桜ん坊盛り付けて水貝は旬包丁冴ゆる

丁寧に薄く削ぎたる魚の身は洗ひとなして氷片を添ふ

照るほどに茄子と胡瓜の冴えをればぬか漬けなれど白磁の似合ふ

笹の葉に露を宿して一切れの薄紫の水羊羹盛る

秋を盛る

香ばしき秋の香の立つ土瓶蒸しこぼれ松葉を
蔓にあしらふ

甘鯛にもみぢ麩しめぢをあしらひて吹き溜ま
りのごと「秋色吹よせ」

松茸にしめぢ平茸栗銀杏焙烙蒸しは秋のあふるる

腹子持つ赤銅色の落ち鮎はことこと煮浸し織部に盛りぬ

尾の際《きは》に黄の色見する秋刀魚には脂充分のりてゐるとふ

脂のり姿も生きも良き秋刀魚なれば焼かむか
きりり塩打つ

小骨抜き甘辛垂《た》れに照り焼きの秋刀魚の蒲焼
孫らの好物

汁の味噌を白に取り替ふる時期かとも寒さ覚
ゆる朝になれば

冬を盛る

練り上げし栗きんとんは金色の光あたりに放つが如く

何よりも先に食みけるわが夫の好物ごまめぞ丹念に炒る

やがて芽の出づるとふ縁起を語りつつ子らと
くわゐを剝きし日はるか

透きとほる蜜に黒豆浸りゐて黒き真珠の如く
光れり

息つめて薄く造りし平目の身昆布に挟みて肴
整ふ

いく筋か包丁目を入れつややかに煮含めし金
柑風船のごと

鱧の身を砂糖卵と焼きあげて鬼簾に巻けば豪
華伊達巻

巻きものは文物尊ぶ縁起故おせち料理に入れ
らるる由

紅白の膾《なます》は大根《だいこ》の透けるほど桂に剝きてしやきしやき刻む

遠き日の正月祖母は埋み火を掻きて火鉢に餅焼きくれき

第三章　外国を訪ふ

アメリカ

白き布敷きたる如く白雪の積むミシガンの上を機にゆく

（平成八年三月）

時折に碧き湖《うみ》見ゆはて知らず続くアリゾナの砂漠の中に

＊

雲海の途切れて視界に迫り来るマッキンレーの白き峰々

（平成八年十一月）

ジョージアの赤土の綿畑ひた走り小さき村の感謝祭訪ぬ

＊

黄に茶色緑のモザイク織かともアメリカ西部
の大地広ごる
（平成九年八月）

開拓の歴史とどめし牧場に馬駆け巡る群れを
作りて

丘を越え草原渡り二時間余我初めての乗馬為したり

夕暮れの納屋より聞こゆる楽の音はひと日終はりしカウボーイどち

＊

群青かはた紺青かキーウエストこの海の色誰に語らむ
（平成十年三月）

鮮やかに珊瑚礁見えキーウエストの海原ガラスの如く澄みをり

さらさらと真白き砂をもてあそび一人の旅の記念《かたみ》としたり

砂浜のハンモックに揺れ海眺む流るる時をしばし忘れて

＊

精霊と心を交はすインディアンの祈りの儀式に我は招かる

（平成十二年十月）

円形のテントに何やら秘密めくスエットバス
なる儀式始まる

四時間をかけて真っ赤に焼かれたる石五つ六
つテントに運ばる

石の上にセージを焚けば芳しき香の満ち来た
りテントの内は

精霊と人とを結ぶメディシンマンの祈りは闇
に朗々として

焼け石に水かけられて吹き出づる蒸気にしば
し息できぬほど

高く低くむせぶが如きインディアンの祈りの
歌はわが魂揺さ振る

式済みて外に出づれば夜空には氷片散るがに
星のきらめく

地平線までを遮るもののなき草原の夜は太古
の鎮もり

＊

夕迫るニューオリンズの街角にトランペット
の哀しく響かふ
（平成十三年三月）

皺深き黒人奏づるサックスの音色は深き哀し
みに満つ

老い深き黒人の吹くサックスの調べにわが魂
吸はれゆきたり

軽やかなジャズの音響くこの街の道ゆく人皆
リズム取りをり

*

テロ跡に立てば彼の日の崩れゆくビルの映像
まざまざ浮かぶ

（平成十四年一月）

テロありし瓦礫の原にゆるゆると小さき二台
のクレーン車動く

「9・11」テロに倒れし人々の遺影は今日も
街角にあり

テロの日ゆ三月経てなほ街角に花と蠟燭絶え
ざりにけり

テロ跡の瓦礫の原にすさまじく吹きつくる風の音の厳しさ

*

凍てつけるジョージアの赤き大地にも草の芽小さく膨らむが見ゆ

（平成十五年二月）

黒人の奴隷の暮らしに思ひ馳す広き館に小屋の並べば

南北の戦ひを知る大楠は二百余年の枝拡げ立つ

＊

砂糖きび綿花に財を成しし人の豪邸残れりミシシッピー川沿ひ
（平成二十二年十一月）

若き日の憧れ『風と共に去りぬ』今仰ぎ佇つ白亜の館

館へと続ける樫の並木道それぞれ樹齢三百年とふ

食卓に金の名入りの食器並《な》み数多の金のカトラリー光る

農園の主ら極めしこの栄華数多の奴隷に支へられてこそ

インドネシア

亡き夫の七年まり住みしジャカルタへ娘とともに旅立むとす
（平成九年十月）

在りし日に海山越えて交はしたる文を読みけり旅立つ前の夜

いつの日か必ず訪はむと願ひ来しこの地へ来たり一周忌終へ

空港に丁子のかをり漂へば君の背広の匂ひ思ほゆ

旅先にまどろみをればわが夫の笑み語ります夢を見にけり

悲しみの癒ゆる日来るやと思ひつつブーゲンビリアを手帳に挟む

カナダ

干し草の束の無数に転がりてカナダの草原果てなく続く

（平成十年八月）

ベランダもポーチも部屋も花々に飾られ佳き日の行事待ちをり

結婚の式は前夜のディナーより三日に渡りて
行事の続く

わが友のひと月をかけ造りたまふあまたの料
理パーティーに並む

花嫁の衣装は式のその日まで母のみ知るがカ
ナダの習ひ

花嫁の姿は吾子と重なりて友の心の内の思はる

トルコ

キャラバンの行き交ひし道に佇めば駱駝の群
れの見ゆる心地す
（平成十年十一月）

荒涼と広ごる大地眺めつつまた思ひつつ絹の
道行く

三百年の昔偲びて巡り行く隊商宿《キャラバンサライ》の遺跡幾つも

稜線をくきやかに見せ落つる日を声なく見入る荒野に立ちて

スリランカ

スリランカは「光り輝く島」の意とふ来たれば木々の緑眩ゆし
（平成十一年七月）

道をゆく象のまなざし優しくて仏のみ目にどこか似てをり

とりどりの色のサリーの女達一列になり茶の
葉摘みゐる

手もて混ぜカレー料理を口に入るサリーの国
の人に習ひて

ラオス

朝露のラオスの村を列なして托鉢僧行く足音もなく
（平成十三年五月）

托鉢の僧の列には十歳に満たぬ幼き僧も交じれり

夕日今落ちなむとするメコン河影絵の如く舟滑りゆく

ゆるゆると流るるメコンは夕日受け金波銀波の揺らめきやまぬ

夕つ日の移ろひゆけるメコン河に髪洗ふ人衣洗ふ人

韓の国

アカシアの花に会はむと初夏の韓《から》の国へと訪ね来にけり

（平成十五年五月）

アカシアは我の生まれし北鮮に朝な夕なと愛でし花なり

思はずもひと房手折ればアカシアの花はは
ら散りぼひにけり

山路来て散り敷くアカシアの花踏めば足裏《あうら》に
伝ふ遠き幼日

南北の国の境は静もりてただアカシアの真白
に咲ける

サハリン

降り立てばサハリン空港は見の限りただに雪野の白きひと色
（平成二十一年二月）

歩まむとすれど重たき雪靴に運ぶ足元ままならずして

疾き風に舞ひ上がり来る地吹雪は人影消して
一人残さる

顔中にガラスの破片の刺さるごと痛き冷たさ
零下二十度

赤々と櫓に燃ゆるガスの火の霞みて見ゆるし
き降る雪に

スペイン

食文化尋ぬるわが旅重ね来て今日スペインのアンダルシア訪ふ

（平成二十四年十月）

おしやべりと酒を好めるスペイン人朝のビュッフェにシャンパンの並む

トーストは下ろしトマトにオリーブ油かけて
食めるが朝の慣ひと

さまざまの果物浮かぶ赤ワインの玻璃の大器
のサングリア置かる

海の幸山の幸などたつぷりと載せて焼かるる
料理パエリア

第四章　七歳の「平壌脱出記」

わが父松永長雄の著『平壌脱出記』から

終戦

涙して玉音放送聴く人を訝しみたり七歳の我

街並みに俄か作りの大小のソ連と朝鮮の国旗
はためく

平壌に住む邦人の外出の危ふくなりし敗戦の
日ゆ

邦人の襲はるるとふ報ありて父は決めたり一
家自決を

好きなもの何でも買へと父母は自決を前に貯
金箱割る

父母の常なき振る舞ひ訝しみつつ姉とほほづき山ほど買ひし

心尽しの馳走並べど子供らは箸も取らずに顔見合はする

心こめし最後の食卓子と囲む父母の心は如何許りなり

夜の更けに事態収まりしとふ知らせあり我ら
家族は死をまぬがるる

一向に内地引き揚げ始まらず零下十四度の十
一月に入る

日本人狩り

街を行く邦人男子誰も彼《か》も乗せて連れ去るロシアのトラック

「日本人狩り」とに遇ひてロシア兵に捕らはれし人らシベリアへ送らる

運強き人にありしよわが父は「日本人狩り」
二度も逃れし

邦人の家に押し入りロシア兵女性連れ去ると
噂広まる

押入れに父は逃げ口作りたりロシア兵らの侵
入に備へ

母逃げし後をロシア兵ら寝入りたる姉と我と
を連れ出さむとす

必死なる身振り手振りに子を庇ふ父に兵士ら
諦め帰りき

くりくりの坊主頭に男児服着せられし二人姉
と妹

訪ね来し朝鮮人の教へ子ら父をいきなり殴りたりけり

邦人の教師つぎつぎ襲はるは日本の長き統治の故とぞ

引き揚げの目処たたざれば収入の絶えてわが家は売り食ひの日々

土方大工左官に隠亡《おんばう》清掃人あらゆる仕事を父は為したり

脱出計画

引き揚げの指示も知らせも無きままに戦後一年はや経たむとす

邦人の家ことごとく奪はれて同胞二百倉庫に凌ぐ

幾人《いくたり》の老人子供逝きにしか収容所の発疹チフスに

「まづ一歩近づくべきは故国の地」父らは脱出企てにけり

六月の未明に並ぶトラック十台リュック背負ひて我ら乗り込む

脱出のトラックまさに出づる時ソ連兵現れ下車を命ずる

半月後再度脱出を計れども又も警備のソ連兵阻《はば》む

二回目の脱出もならず平壌の元の倉庫に連れ戻されし

追ひ帰され倉庫に戻れば家具寝具全て奪はれ
何一つなし

此処に死を待つより再度脱出せむ此度は揃ひ
て貨車に乗り込む

邦人の移動禁止の命令に貨車はその戸を閉ぢ
て走りぬ

七月の陽の照りつくる貨車の中これぞ蒸し風
呂焦熱地獄

又も捕まる

蒸し風呂の貨車に揺られて五日間漸う着きし
三十八度線《はちど》近く

貨車降りて手足伸ばせばどの顔も生気満ち来
ぬ空腹なれど

またしても国境警備のソ連兵トラック乗りつけ我らを取り巻く

再びを貨車に乗せられ六日間見知らぬ田舎の駅に着きたり

行く先も知らでトラックに乗せらるる「港町」とふ我ら一団

どれ程の時を経たるか漸うにトラック止まりし山奥の村

ガラス戸の一枚すらなく床板は抜け落つるかの朽ちたる校舎

廃校になりて久しき木造の三教室に押し込めらるる

雨露を凌げれば良しと思へども何時まで居るや不安募れり

二畳ほどに互ひ違ひに母と子ら五人寝《い》ぬれば父は荷の上《へ》に

小麦粉の屑なる麩《ふすま》にいささかの粉が繫《つな》ぎのわが家のすいとん

たまさかに味噌汁飲める日もありきその具は
常に野草なれども

収容所の生活

ひもじさを訴へて泣く一歳の弟の声枯れ果てにけり

むづかりて寝《い》ねざる乳呑み子あやしつつ母は夜道を行きつ戻りつ

生焼けの麩《ふすま》の団子をむさぼれるわが弟を未だ忘れず

収容の暮らし長引き男らは狩り出だされたり勤労奉仕に

敗れたる国の悲哀や男らは賃金貰へず働かされき

民家にて貰ひし藁に作りたる草履に草鞋引き
揚げに備ふ

はからずも中国人の農場に父の得たるは除草
の仕事

農場の仕事は父にきつけれど腹を満たせる井
戸水有りしと

待ち待ちてゐたりし父の手土産の「もろこし」
と「パン」嬉しかりけり

釣瓶井戸使へぬ幼き我なれど残り水貰ひて家
事手伝ひき

幼かるわが貰ひ水知れ渡り我に汲みくるる人
もありしよ

最後の脱出

北鮮の九月の風の冷たかり冬の訪れ間近となりぬ

廃屋と化せし収容所に過ごす身の餓死か凍死か二つに一つ

存《ながら》へぬ我らなるなら誓ひ合ふせめて祖国に近づき果てむと

なけなしの最後の金品出し合ひて二百余名の脱出図りき

班長の父先頭に第二班八十余名とわが家族《うから》立つ

出発の時訪《と》ひくれし中国の農夫食糧持ちくれましし

日本人に受けたる恩を返さむと農夫は父を訪ねて来たり

食糧もあらず貧しきわが一家目頭熱くし父受け取りぬ

温かき農夫の心忘るなと語りまししよ父は幾たび

一歳の弟背負ふ姉十歳父母の背負ふは五歳と三歳

背負はるる妹弟見つつ歩むべき我はも七歳足を引き摺り

深き情け

山道を歩き続けて午後三時不意に出会《でくは》すこの別れ道

地図見つつ最短距離を選ぶ父迂回路行くとふ人らと別れき

思はずも皆へたへたと座り込む夕闇迫る広場に着きて

建物の中ゆ警官数名の飛び出だし来て我ら取り巻く

責任者を問はれ父はも歩み出で我ら脱出の経緯を語れり

今宵はもここ温泉に留《とど》まりて明日の貨車にて
行けと署長は

予期せざる署長の言葉に我ら皆嗚咽なしつつ
口々に謝す

屋根のみの浴場なれど温泉に浸りし我ら生き
返りたり

署長より皆に魚菜を賜はりてマラリアの母に
薬をも賜《た》ぶ

別の道行きにし人らを伝令となりて連れ来し
父の教へ子

手配くれし十輛ほどの無蓋車に我ら百人勇み
乗り込む

温かくもてなしくれし警察署長聞けば夫人は
日本人とぞ

三十八度線突破

いよいよに三十八度線突破の日来たりて長き
列組む深夜

案内人《あない》の後《あと》に従ひ黙々と百人余りの列は続き
ぬ

百人の列の止められ荷の検査僅かなる持物並べさせらる

検査官と称する人ら数名に並べし品を没収されし

ゲートルに隠し持ちたる数枚の写真も全て没収されぬ

山道をひたすら歩きし一昼夜我らの足はも血
まみれなりき

川幅はかなりあれども水澄める浅瀬なりしよ
国境線は

川向うに立てるバラックの建物は国境警備の
ソ連兵詰所

ソ連兵の夕食時《どき》の七時より八時が我ら脱出の
時

音立つるな声を上ぐるな離るるな父は我らに
繰り返し言ふ

病み深み母は夜盲症《とりめ》になりたれば母とわが手
を手拭ひに結《ゆ》ふ

川向うに渡れば命助かると必死に歩みき膝まで
つかりて

脱北の青年を助ける

突然に一人の青年父に向き頭《づ》を下げ幾度《いくたび》双手《もろて》合はせぬ

腰低く青年父に哀願す南鮮までを連れ行かまほしと

青年を匿《かくま》へば皆に危機呼ぶと知りつつ父はも
受託なしけり

引き揚げの列は度たび止められぬ朝鮮人の紛
れ居るかと

朝鮮人の脱出助くれば全員を北鮮に戻すと警
官威嚇す

闇に乗じ弟背負はせ青年を家族と言ひて父切り抜けし

国境の警備の兵士に幾ばくの金品渡していよよ南鮮

南鮮に潜入果たしし青年の滂《ぼう》沱《だ》の涙父の手に落つ

幾度《いくたび》も振り返りつつ去り行ける青年送りて座り込む父母

二十三時間を歩き続けてやうやくに南鮮の地を我ら踏みたり

声もなく皆へたへたと座り込む恐怖ゆ放たれ疲れ果つれば

弟 弘道死す

屋根のみの倉庫の下に北鮮ゆ脱出せし人溢れむばかり

疲れ果て幼き弟の容態に気付かず我は眠りこけゐき

十歳の姉背負ひ来し弟を父抱き上ぐれば虫の息なり

助けたきわが幼子の命なれ医者に診せむと父駆け回る

死に瀕す吾子診て欲しと頼めども医者はにべなく助かるまいとふ

麻疹の後《のち》丹毒病みし弟は手当も薬も無きまま
逝きし

二歳にも満たぬ弟逝きけるにわが父母の涙枯
れ果つ

神経の麻痺せし我や弟の死にも涙の湧かぬ七
歳

死出の旅にせめてと賜へり見知らぬ人の僅か
残れる砂糖の缶を

黄海を遥かに望む丘の上《へ》に永遠《とは》の眠りにつき
し弟

戦争の苛烈となりし昭和二十年五月二十八日
弟生まる

皇国の道広めよとの願ひ込め名付けられたる
弟弘道

幼子の僅かなる髪小さき爪切りて包めり父母
は無言に

海臨む丘に小さき石一つ墓とし置かむと父は
言ひけり

この海を越ゆれば故国日本なり見守り給へと
父は祈りき

祖国の地踏みさせ得ずに弟を一人置きゆく父
母の悲しみ

開城収容所

累々と引き揚げ者の列うち続き三日を歩めり
開城までを

道中に食べ物売り来る朝鮮人金無きわが家の
買ふは大根

我ら子と母は大根に味噌をつけ父はも葉のみ
食み賜ひけり

頭より虱退治のＤＤＴ吹きかけらるる真白と
なるまで

やうやうに着きし開城は数百のテント張らる
る収容所なり

満州と北鮮からの引き揚げ者一万余名が帰国
審査待つ

収容所の食事は一日二回なり早朝五時と夕方
の四時

湯飲み茶碗に玉蜀黍《たうもろこし》粥八分目実は十粒ほどが
一度の食事

収容所の近くを流るる小川にて腹を満たせり
家族揃ひて

収容所に幾日過ごすや体力の衰へ日増しに感
じ来たりぬ

毎日を老人子供の亡くなりて菰に包まるる遺
体のあまた

玉蜀黍の粥増配のありと聞き遺体運搬を父は
志願す

遺体運ぶ使役を果たし空き缶に父特配の粥貰
ひ来る

度々を父は使役に出かけ行き饅頭なども買ひ
来てくれし

甘さなど忘れゐし我ら口いっぱい饅頭のうま
さ味はひにけり

引き揚げの順番待ちて二週間出発決まるに涙
止まらず

引き揚げ船「高栄丸」に乗る

引き揚げの審査はまたもＤＤＴ息できぬほど
総身に浴ぶる

仁川へ向かふ列車に乗りたるも嬉しさあれど
半信半疑

川岸に泊まりし船ぞこれこそが引き揚げ船の
高栄丸なり

夕食のうどんのうまさ忘れ得ぬ煮込みてかた
まり団子の如きも

煮込みうどんお代はりありて誰も彼も久し振
りとて笑顔に食めり

子らも皆必死の思ひに縄梯子上がり上がりて
甲板に立つ

高々とマストに揚がる日章旗仰げば涙とめど
なく落つ

この船は日本の船なり佐世保まで命を保護す
と船長告《の》りぬ

「夢にまで見たりし日本へ帰るのだ」幾たび
仰ぐ日の丸の旗

汽笛鳴り今朝も一人の水葬あらしあと一息に
て故国といふに

「見えたぞ」とふ声の上がれば甲板に駆け集
まりぬ故国を見むと

故国《くに》の土つひに踏めると誰も彼も肩抱《いだ》き合ひ
声あげ泣きぬ

故郷目指して

喜びに老いも若きも歌ひ踊る明日は日本へ着くといふ夜

何時なりき大声あげて晴れ晴れと数多の人と和して歌ふは

昭和二十一年十月十八日平壌脱出佐世保上陸

肩たたき抱き合ひ別れそれぞれに故郷目指し
列車に乗り込む

母の実家《さと》小田原目指しわが家族列車の隅の椅
子に陣取る

幾月も風呂に入らず着のままに乗りたる我らを乗客皆避く

新型の爆弾落ちしとふ広島の瓦礫の山に胸突かれたり

空襲の惨事を車窓に眺めつつ無条件降伏止む無しと知る

検札の車掌に引き揚げ証明書見すれば一言ご
苦労様と

大き下駄屋営む母の実家に着き我ら並べば祖
父母声なし

風呂沸かしご飯を炊きて衣服買ひに祖母の走
れば祖父店を閉む

満たされてただに嬉しき我ら姉弟笑ひ転げて
床に入りぬ

満ち足りてはしやぎ嬉しむ我らにし唯に見守
る父母の微笑み

弟の遺骨

父母に招待状の届きたり父の教へし平壌中学同窓会より

三十八度《はちど》線父は弟弘道の代はりに小石持ち帰りたしと

三十年の悲願叶ふと訪韓を父宣ふも母は応へず

瀕死なる弟背負ひて三十八度線越えたる姉は行きたしと言ふ

父と姉乗りたる案内《あない》の教へ子の車はひたに三十八度線へと

韓国の完全武装の兵士らの数多歩哨に立ちを
りしとぞ

しとど降る雨に濡れつつ父と姉最北端に佇ち
たりしとふ

親子七人弱りきりたる足どりに突破せし地ぞ
三十八度線

噴き出だす血の足引き摺りわがうから歩みし道を辿るその旅

父と姉「迎へに来たよ」と僅かなる土と小石を掬ひて帰りき

受け取りし小石幾つを握りしめ拝《をろが》む母を今にし思ふ

弟の遺骨代はりの小さき石母は双手に仏壇に
供ふ

『郭公の巣』六六三首・完

おわりに

私は昭和十二年に、現在の北朝鮮の平安南道鎮南浦という場所で生まれました。

二年後、父の師範学校転勤に伴い平壌に転居し、小学校二年生で終戦を迎えるまでそこで育ちました。

終戦と同時に抑留生活を強いられ、家族で脱出を繰り返した一年二ヶ月の壮絶な日々を経て、やっと日本に引き揚げてきました。

直後は母の実家である神奈川県小田原市に住み、その後、父の高等女学校勤務により、神奈川県足柄上郡山北町に転居。小、中、高校時代を過ごしました。

早稲田大学商学部を卒業後は都内のホテルに就職しましたが、一年後、日本初のＰＲ会社に転職。

結婚して千葉市に移り住みました。


私は中学時代から女性も男性と同じように定年まで仕事を持つべきだと思っていましたので、結婚後も当然のように仕事を続けてました。

しかし商社勤務の夫が海外単身赴任になり、また次女が生まれる頃、住み込みのお手伝いさんの結婚も重なり、とりあえず休職することにしました。そこで休職期間を三年と決め、その間に私の一番できないことを挑戦しようと思いました。


それが料理だったのです。ベビーシッターを頼んで料理教室に出かけたり、パティシエや料理の先生を自宅に招いて友人達と一緒に学んでいるうちに料理の面白さに惹かれていき、三年はあっという間に過ぎました。

更に料理を学びたいと思うようになった私は、休職ではなく退職の道を選びました。

二女は幼稚園に、長女は小学校に入学して、料理にますます時間を割けるようになったこともあり、専門を日本料理に決めて、江戸風懐石料理「近茶流」の宗家柳原敏雄氏の門を叩きました。一番弟子だった飯田正平先生にも教えを請いながら、月に四、五回のお稽古を重ねるうちに講師の資格を取るように勧められ、教授試験の道にも進みました。

料理の実技を修めるうちに家政学を学びたいと思うようになり、その頃開校した放送大学の教養学部、第一期生になりました。娘たち二人も大学生になっており、「我が家は三人女子大生」と言ったものでした。

次第に文化人類学の分野にも興味が広がり、四年後に卒業してからはアメリカ文化に詳しい放送大学比嘉正範教授（社会言語学）に指導を受けました。そこでアメリカの食文化を学び、アメリカから来日する教授達と知り合いました。
ボストン大学の教授であるメリー・ホワイトさんには「アメリカの料理の母」と言われるジュリア・チャイルドさんを紹介して頂き、渡米して直接お話を伺ったり、講義を受けたりすることが出来ました。メリーさんとは現在もアメリカの食に関する情報をもらったり、渡米するたびに会ったりとご縁が続いています。

この頃から「アメリカの食」について原稿を依頼され、それを機会に雑誌や新聞の執筆が始まりました。取材や調査のために足繁く北アメリカ各地を訪れるようにもなり、その経験をもとに講演や料理教室の講師も務めるようになりました。

コープとうきょうのカルチャー教室では世界の料理シリーズを担当し、他にも「音楽家の食卓」「画家の食卓」「アメリカ大統領の食卓」などの企画や「世界の保存食」など、様々な食文化を紹介する講座を二十年以上にわたって続ける機会を得ました。

また「食を通してその国を知る」というコンセプトで海外旅行を企画し、アメリカをはじめヨーロッパなどへのツアーも十五回実施しました。

ところが、平成六年十二月。長女の結婚式が終わるのを待って検査を受けた夫が癌と診断され、東京都中央区築地の病院に入院したのは翌年の一月のことでした。

検査の結果、手術はできない状態と分かり、放射線治療を受けることになりましたが、一回受けた後、肺炎を併発。同年二月、六十歳の生涯を閉じました。病気を告知された僅か一ヶ月半後のあまりにも早い夫との別れを受け止められず、私は混乱しました。

そんな時、私は歌に出会いました。夫の会社の同僚だった澤部壽孫様から夫への悼歌を頂き、私も歌にならこの気持ちを鎮めて表現できるかもしれないと思ったのです。

そこで千葉市在住の歌人、大塚布見子先生が主宰されていた短歌結社「サキクサ」に入会し、以来、喜びも悲しみも、歌を詠むことで心を整えて参りました。

やがて長女の家族との同居が始まり、再び幸せを感じるようになった頃、長女が病に侵され、帰らぬ人となりました。夫の逝去からちょうど十年後、再び奈落の底に突き落とされました。

しかし残された二人の幼い孫達を抱えての再びの子育てのなかでは、いつまでも悲しみに浸っているわけにはいきません。日々、時間に追われながらも、「今を残そう、今を歌っておこう」としたことが、私の新たな悲しみや苦しみを浄化させてくれたようです。

最後になりましたが、サキクサ幕張支部の皆様には、定例歌会の出席もままならない支部長の私を常に支えてくださいました。全国のサキクサ歌友の皆様、そして料理の仲間達からの励ましのお言葉、どんなに力づけられた事でしょう。

また、この歌集を出すにあたり、「サキクサ」終刊後にサキクサ幕張支部から新しく発足した「新生短歌まくはり」をご指導くださっている「まひる野」編集委員の富田睦子先生にはご助言とご指導を賜りましたこと、また新しい歌友達にも心から感謝しております。

六花書林の宇田川寛之氏にも大変お世話になりました。厚く御礼申し上げます。

そして「サキクサ」の歌友、長谷川三重子様には校正を始め、色々と相談に乗って頂きましたことを本当に有り難く、また嬉しく思っております。

いつも私の力となってくれる次女桂子、そして亡き夫靖一郎と長女浩子にこの歌集を捧げます。

令和三年十月　秋桜の揺れる日に

中村典子

略歴

昭和12年12月29日　平安南道鎮南浦に生まれる
早稲田大学商学部卒業
放送大学卒業（第一期生）
卒業後アメリカ文化に詳しい放送大学比嘉正範教授（社会言語学）に師事
江戸風懐石料理近茶流教授
サキクサ短歌会大塚布見子主宰に師事
「新生短歌まくはり」にて富田睦子氏（まひる野編集委員）に師事

現住所　〒262-0032　千葉市花見川区幕張町５－417－77
電話＆FAX　043－271－3820

郭公の巣

令和３年11月24日　初版発行

著　者――中村典子

発行者――宇田川寛之

発行所――六花書林
〒170-0005
東京都豊島区南大塚３－24－10　マリノホームズ１Ａ
電 話 03-5949-6307
FAX 03-6912-7595

発売――開発社
〒103-0023
東京都中央区日本橋本町１－４－９　フォーラム日本橋８階
電 話 03-5205-0211
FAX 03-5205-2516

印刷――相良整版印刷
製本――仲佐製本

定価はカバーに表示してあります
ISBN978-4-910181-19-6 C0092